"나는 아흔살 할머니 황보출.

그렇지만 내 인생 시로 써보면 봄같아."

________, 요즘 어찌 지내고 있니?

인생에 늦은 때란 없으니까,

Not too Late Diary

포기하고 싶은 하루도,

불안이 가득한 하루도 모두 적히는 곳, 일기.

너무 늦었다는 생각이 들 때

나도 모르게 남들과 비교하고 뒤처지는 것 같을 때

다가올 내일에 잠 못 이룰 때

어느새 나이 앞에서 겁이 날 때

Not too Late Diary를 펼치고

오늘 있었던 일, 오늘의 마음을 적어보는 거예요.

70에 글을 배우고 80에 시인이 되고, 현재 90세인

황보출 할머니는 오늘도 매일 한 줄씩 시를 씁니다.

매일 쓰는 삶이 지금의 나를 제일 좋아하게 만들었다고 해요.

인생에 늦은 때란 없습니다.

남은 인생 가장 젊은 날인 오늘을 기록해보세요.

지나온 날을 후회하고 다가올 날을 두려워하기보다

지금 딱 좋은 하루하루를 만들어나가기로 해요.

시인 할머니의 응원을 곁에서 들려드릴게요.

How to Use.

90세 시인 할머니가 보내는

편지

90세 시인 할머니가 매일 쓰고 그린

시

90세 시인 할머니와 함께 채우는

일기

황보출 시인 할머니의
이야기를 편지로 묶었습니다.
할머니의 아흔 인생과, 삶의 순간순간 최선을 다해온 마음들을 전할게요.
어떻게 살아야 좋을지 막막해서 누군가에게 물어보고 싶을 때
나보다 앞서 걸어간 인생 선배의 이야기에 기대보세요.

20년간 매일 아침,
스케치북에 쓰고 그린 시인 할머니의 작품들이 쌓이고 쌓여
작은 시집이 완성되었습니다.
시와 그림 속에서 할머니의 꿈과 사랑, 일상을 만나요.

시 사이사이 할머니의 질문을 만나면 나만의 대답으로 채워보세요.
시를 읽고 글을 쓰는 동안
시인 할머니와 나의 글이 마치 대화처럼 이어질 거예요.
매일 쓰지 않아도 되고, 순서대로 적지 않아도 좋습니다.
늦지 않은 것들을 계속해서 만들어나가요!

지나온 날을 후회하고 다가올 날을 두려워하기보다
지금 딱 좋은 하루하루를 만들어나가기로 해요.

Prologue Letter.

요즘 어찌 지내고 있니?

인생을 살다 보면 좋은 날만 있는 것은 아닌 것 같다. 궂은 날도 있고 맑은 날도 있지. 이 세상 사는 게 참 쉽지가 않지? 나도 나이 아흔 다 된 이 나이까지 철부지 성격에 사람들과 말썽도 잘 생긴다. 눈에는 떡가루를 넣은 듯 어두울 때도 있었지. 그런데 깊은 물도 건너고 자갈길도 걷고 나니 사는 길이 조금 보이더라. 많이 가져도 하루 밥 세 끼 먹고, 적게 가져도 밥 세 끼 먹고 사는 것은 다 똑같더라.

모진 일을 다 겪고 나니 어느새 일흔이 넘어 있었다. 신랑 있을 땐 글자 몰라도 사는 데 불편함이라고는 몰랐는데, 우리 영감 가고 나니 그때부터 참 막막했어. 이름 하나 쓸 줄을 알아야지. 어디를 가도 영감이 다니면서 했으니 말이야. 숫자도 몰라, 글자도 몰라. 만날 물어보려니 창피하기도 하고 답답하기도 하고. 어떻게 살았나 몰라. 그러다 자식들이 불러 서울에서 지내다 '푸른어머니학교'라는 한글학교에 가서 글을 배웠지. 선생님들이 일기를 써오라 해서 일기를 썼는데, 그게 시가 되었다. 시를 쓰니 어느덧 첫 시집을 낸 시인이 되어 있었지.

내가 처음 한글 배울 때
'가'자 뒷다리도 모른 나
선생님들 덕분에
한글날 세종대왕릉 가서
글짓기 대회
내 평생 첫 으뜸상을 받았네
가슴이 우쭐했네

- 황보출, 「'가'자 뒷다리」(돋보기)

일기를 쓰고 시를 쓰다 보니 가슴속 응어리가 풀렸다. 사람은 힘든 게 있어야 풀리는 것도 있고 그렇거든. 힘든 일이 없으면 봄이 안 온다. 그러니 물러서지 말고 용기 내라고 말하고 싶다. 그래야 앞으로 나아갈 수 있으니까.

마음 아름답게, 후회하지 말고 살아라. 처음부터 자유로울 수는 없다만, 살다 보면 행복한 사람은 된다고 생각한다. 내 나이 아흔, 지금 생각해보면 그리 잘못 살지는 않았는지 마음에 남은 게 없어.

어제가 있기에 지금의 행복이 있지.
모두 끝까지 배우는 삶을 살며, 행복하길 바란다.
모두 얼굴 어두움 없이 하루하루 맑은 세상 살길 바란다.

황보출 할머니가

Contents.

글도
바느질처럼
배우면
시가
나오고
하네.

배움에 늦은 때란 없으니까,

Not too Late Diary

내 이름은 황보출. 사람들이 "연이야~" 하고 불러서
이름이 황보연인 줄 알고 스무 해를 살았는데
어느 날 알고 보니 내가 황보출이란다.
글을 몰랐던 우리 아버지가 내 출생신고를 마을 분께 부탁했는데,
그 사람이 연이를 잊어버려서 날 출出 자로 내버린 거지.

나는 맏딸로 태어났다.
가난하게 살았지만 하고 싶은 것이 많았단다.
머리를 길러서 빨간 댕기를 하고
옷을 풀 먹여서 입고 다니는 것이 좋았지.
학교 다니는 학생들이 부러웠지.
우리들은 시대를 잘못 타고 태어나 글을 배울 수가 없었거든.

가난해도 친구들과 밤이 되도록 놀았던 기억이 나.

노는 것도 좋아하고 옷도 예쁘게 입는 것을 좋아했다.

나는 지금 나이가 아흔인데도 예쁘게 입고 다닌다.

그럼 기분이 좋다.

그리고 공부하는 것이 좋다.

글 배우고 읽고 쓰고 했더니

고목나무에 새싹이 났다.

지금 가장 하고 싶은 일,
배우고 싶은 꿈이 있나요?

"______________________________."

평생 까막눈으로 살다가

칠십 되어 한 자 한 자 배우고 나니

내 가슴 활짝 열리고 있다

저 산의 나무들같이
폭풍 있어도 굳건하게 서서 살고
태풍 있어도 넘어지지 않고 살고

큰 돌 속에도 잘 크고 있네

지금까지 배우고 싶었지만 배우지 못한 것,
이루고 싶었지만 이루지 못한 게 있다면 적어보자.

"사소한 것도 전부."

세월 가도 말이 없네

나는 갈수록 할미꽃처럼 허리 굽어지고

손발이 바람같이 떨리고 했네

그래도 손을 놀면 안 된다
사람들은 다 자기 일 있다

일하는 게 내 취미

일하면 아무 생각도 없다

일을 손에 안 놓고 살면

그것이 명상

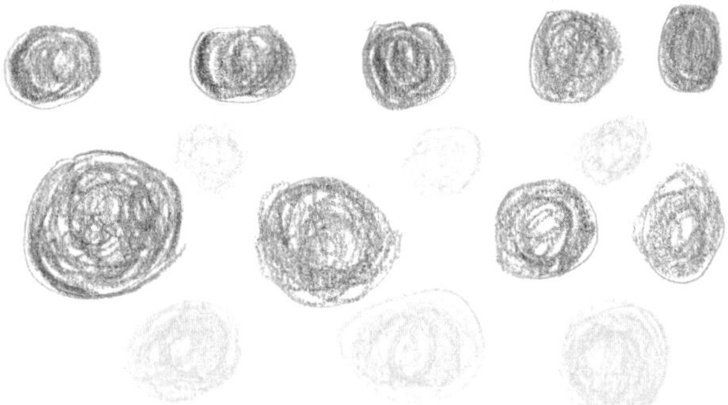

나는 오늘도 시를 쓰고 있다.
일주일 동안, 매일 한 줄의 시를 써보렴.
어떤 것이든 써도 되고, 하루쯤은 빼먹어도 괜찮아.

DAY 1

DAY 2

DAY 3

DAY 4

DAY 5

DAY 6

DAY 7

"끝없이 배우고 쓰는 지금이 좋아."

내가 어릴때 옷감 가지고 옷 만들 때
한 뜸 한뜸 배우고 해서
옷을 만들고 하니 바느질 했네

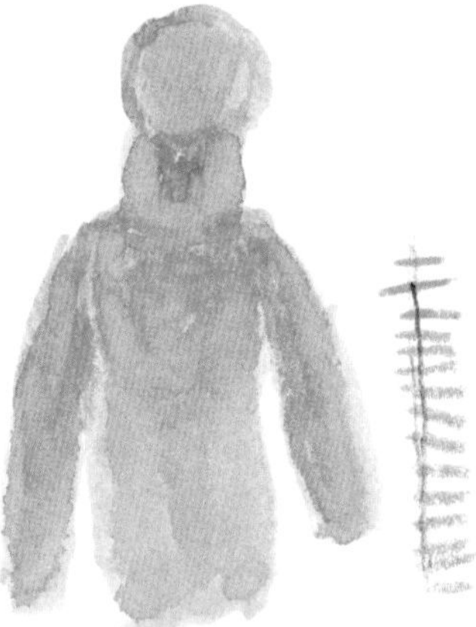

글도 바느질처럼 배우면
시가 나오고 하네

외손자가 할머니는 꿈이 뭐냐고 묻길래, 일하는 게 좋다고 했다.
너의 어린 시절 꿈은 무엇이었니?
요즘의 꿈은?

"지금 그 꿈들은 어떻게 되었고?"

요즘 나는 걷고 있다

애기 걸음마 배울 때 몇 자국 걷다가

넘어지고 또 걷다가 넘어지는 것처럼 걷고 있다

힘들어도 하고 나면

몸도 좋고 마음 맑고

옆 할머니 나보고 꽃꽃하게 서서 걷는 게 부럽다고 말씀한다
넘어져도 잘 걷는다 하니
고맙고 감사합니다

몸 건강 마음 건강에
행복할 수 있네
삼 일 하고 나니
십 일까지 꼭 하고 만다

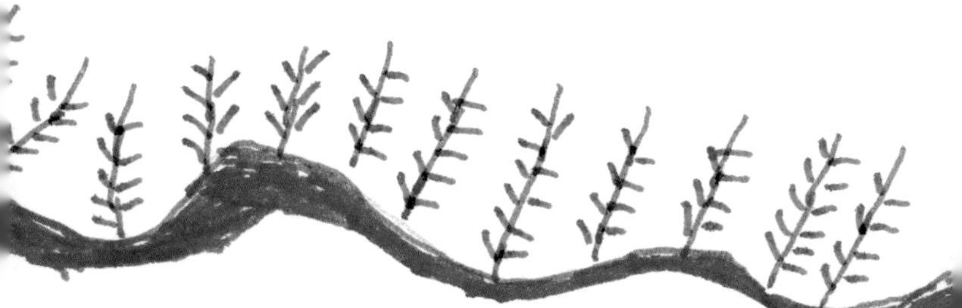

하고 싶은 일, 삼 일까지 해보기도 어렵다지만

십 일까지 꼭 해보고 적어보자.

DAY 1

DAY 2

DAY 3

DAY 4

DAY 5

DAY 6

DAY 7

DAY 8

DAY 9

DAY 10

"걷는 운동을 하려다 저녁엔 피곤해서 자고
새벽엔 허리 아파서 조심했는데 그래도 끝까지 했다."

시간이

멈추지 않고

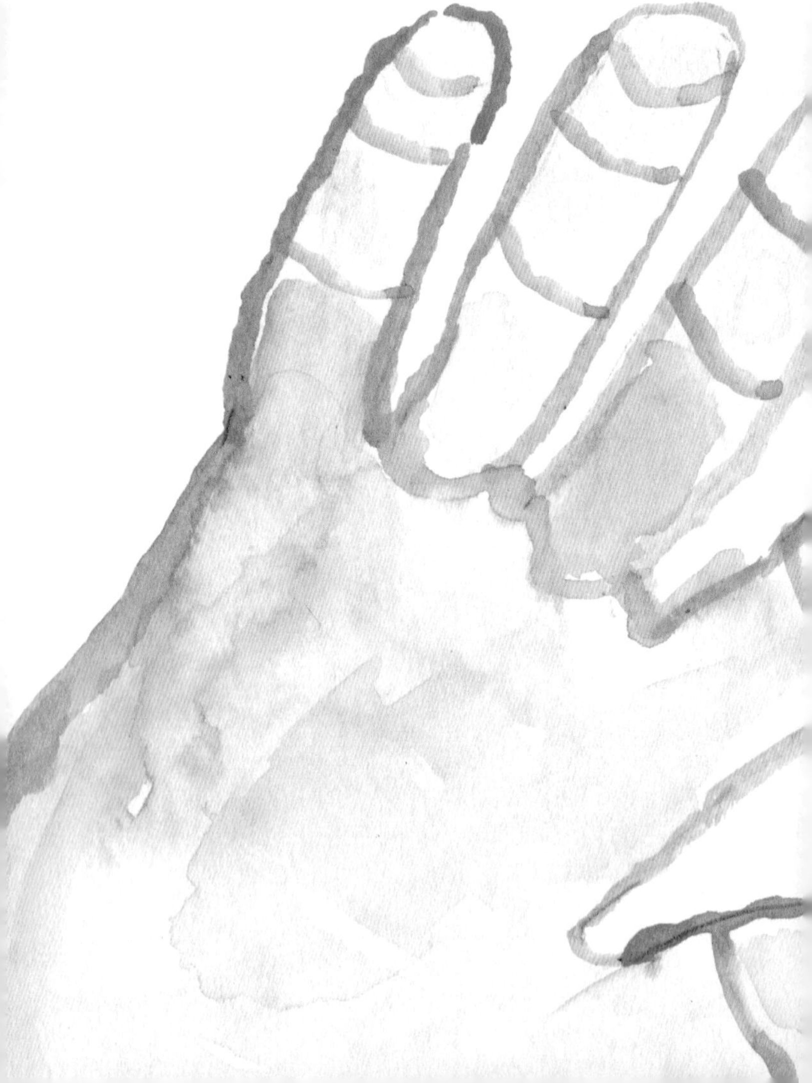

흘러간다

겨울나무 한 그루 보는 순간

나무도 세월 가면 저렇게 알몸으로 서 있구나 싶었다

나도 나이 먹고 나니

몸이 고목나무 활 굽어지는 것처럼 되어버렸네

눈 감고 있으면

카메라처럼 영화가 지나가고 있다

한 세상 사는 게

영화같이 잘도 지나간다

인생 살다 보면 다 회오리바람

없으면 좋겠지만

누구나 올 텐데

잘 살펴볼 필요가 있네

과거의 나는 살림과 자식들 키우는 일밖에 없어서

내 것은 포기하고 살기도 했다.

그런데도 어디 털어둘 데 없었다.

말 못 할 고민이나 불안이 있다면 편히 털어놓아보렴.

“들어줄게.”

일기를 써본다

하루도 안 빠지고 연필 잡고 글 써도 맨날 틀리고 한다

그리고 또 써본다

말이 안 돼도 쓰고

돼도 쓰고 한다

읽고 쓰고 할 수 있을 때까지

읽고 쓰고 마무리하고 싶다

이 시간 항상 좋은 시간

후회 없이 늙기를 원한다

책을 읽을 수 있어서

마음이 편안해

오늘도 좋은 생각을 했다

참 좋다.

오늘도 색연필 잡고 그림도 그리고
시간을 보낸다. 마음이 참 좋다.
일주일 동안, 매일 한 편의 시와 그림을 그려보렴.
한 획만 그어도 마음이 좋아진다.

DAY 1

DAY 2

DAY 3

DAY 4

DAY 5

DAY 6

DAY 7

“내가 생각하는 가장 멋진 인생은 계속 배우는 인생.”

그때 시를 썼다면,

그림도 그리고 했으면,

좋았을 텐데

아니다

지금 시를 더 써보고 싶다

늦지 않은 체크리스트

도전하기에 늦은 때란 없습니다.
어떤 일을 하고 싶은지 적고 하나씩 완료할 때마다 체크해보세요.
꼭 이루고 싶었던 버킷리스트를 작성해보아도 좋고,
갖고 싶은 것이 담긴 위시리스트를 적어도 좋습니다.
적는 것만으로도 그 일을 마주한 것이니 벌써 반은 성공이랍니다!

- [x] 좋은 풍경 많이 보기
- [ ]
- [ ]
- [ ]

☐

☐

☐

☐

☐

☐

☐

꽃만 봐도 사랑을 한다.

좋아하는 마음에 늦은 때란 없으니까,

Not too Late Diary

내 나이 열아홉 살 시집을 갔다.

오빠는 군대서 전쟁하느라 정신이 없는데

나는 결혼을 한다고 하니 눈물이 쏟아졌었지.

결혼해서는 홀시어머니 모시고 살았는데

그때 우리 어머님 연세가 마흔일곱 살.

마흔 넘게 잡숫고 살아오신 시어머님 인생은

수 학년 책을 다 모아도 다 몰라.

시집가서 길쌈도 배우고 농사일도 배우고 참 많이 배웠어.

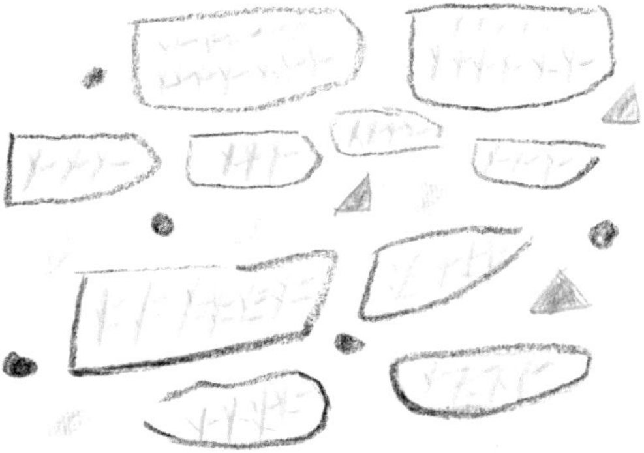

신랑도 좋은 사람이었어.

새벽 무렵 경운기에 짐을 싣고

시장에 물건 팔러 나갈 때면 날씨가 추웠다.

내가 경운기 뒤에 타면 남편은 추우니까 버스 타고 가라고 그랬었지.

나이를 하나씩 먹으면서 서로 아끼고

알콩달콩 하세월 긴 줄 모르고 살았다.

재미있을 만했다.

그렇지만 그 시절 내 삶은 온몸, 농사와 살림에 다 바쳤다.

그때는 다 그렇게 살았어, 라고들 하잖아.

요즘은 그렇게 살라고 하면 못 살고 도망갈 것 같아.

젊었을 때는 돈에 눈이 멀고 살림에 집중하니 생각할 틈이 없었지.

못 배운 것도 한탄할 수가 없고 영감 떠나고 서러워도 크게 울 수가 없고.

지금 젊은 시절 생각을 하면 가슴이 아득해.

눈물도 샘에 물같이 새더라.

너네는 그러지 말아라.

자식 낳고 보니 나는 내 부모 짓 다 했고

다른 사람에게 더 바랄 게 없어.

지금은 그냥 내 몫을 살아야지.

진짜 좋아하는 걸 해야지.

남은 인생 잘 마무리하고 갈 길을 가도록 노력할 뿐이지.

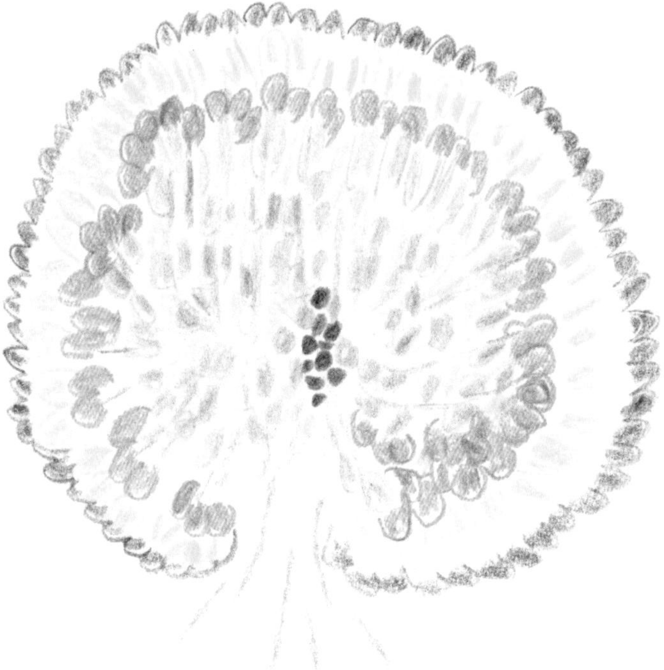

지금은 나도 좋은 것을 알고 하니

시장에서 꽃도 사고 정원도 꾸미며

자식들 울타리 속에 산다.

나만이 알고 있는
가장 좋은 것은 무엇인가요?

"______________________________."

서울 셋째 딸집에 가면
백순이, 나비
고양 하나, 개 하나

내가 가면 좋다고 짖고 꼬리 흔들고

고양이가 내가 앉아 있을 때
내 옆에 와서 안고 해서

귀엽고 사랑시럽다

나는 개를 좋아하지 않고 해도 개들은 할머니 왔다고
좋아한다. 그래서 눈을 마주보게 된다.
계속 눈이 가는 것들을 적어보자.
아주 귀엽고 사랑스러운 것들을.

"무심코 있으니 바산이가 와서 나를 툭 치고는 배를 희뜩 눕는다.

나도 그런 바산이 배 무심코 만지고 있다."

사람들이 쓰레기를 밭에 버리고 있다

식물보다 못났다

쓰레기 다 줍고 나서

채소 심고 보니 제일 사랑스럽다

사람한테는 자연이 좋다

흙은 거짓말 없네

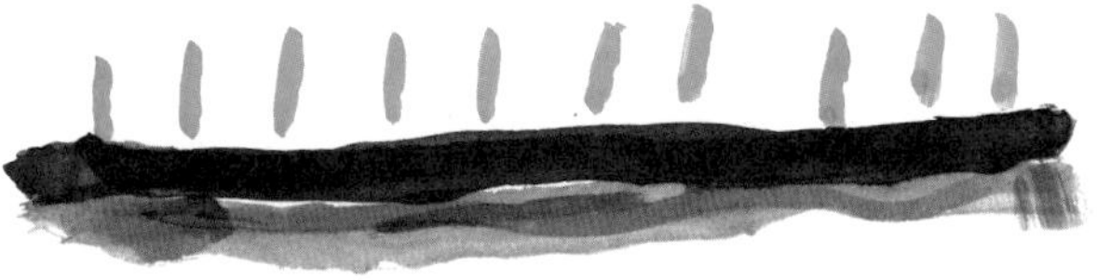

흙은 내 인연이다.
무엇이 너의 인연으로 연결되어 있는지
가지를 뻗으며 그려보면 좋겠다.

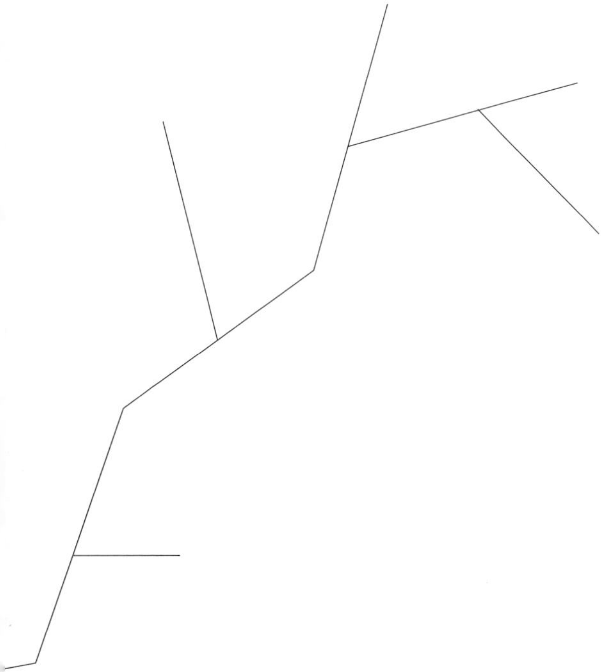

"누구랑 있을 때 제일 행복하니?"

요즘 삽살개가 귀엽다

말도 잘 듣고 순하다

거실에 화분 갖다놓고 해도

화분 꽃도 물고 뜯지 않고 하니 더 귀엽다

사람보다 생각 넓다

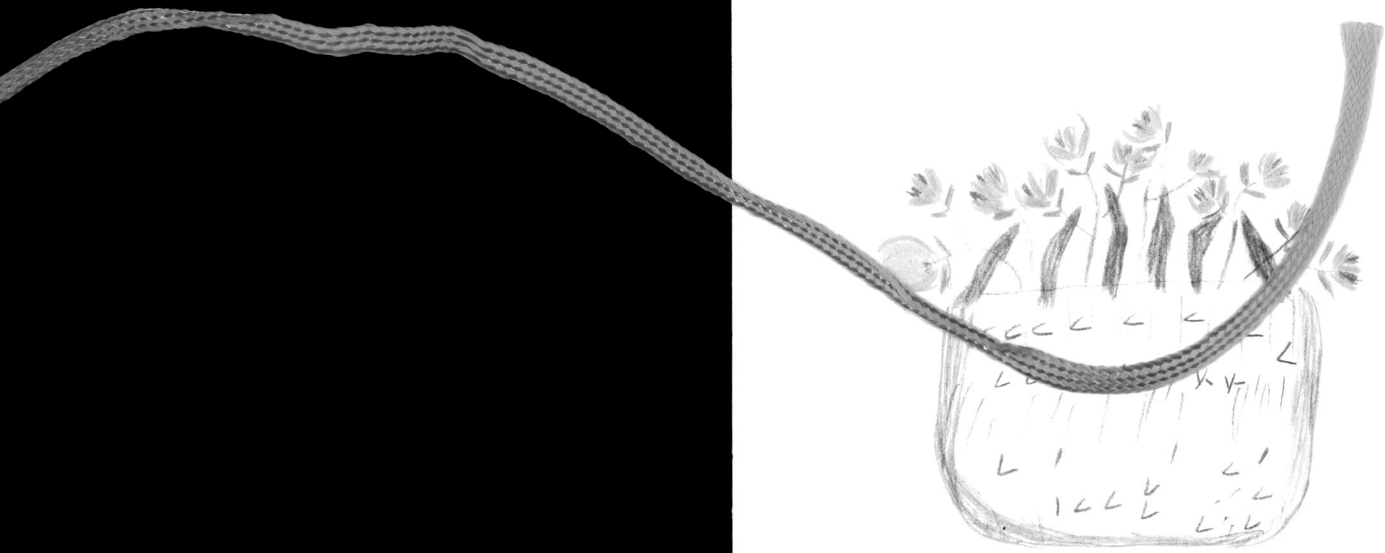

우리집 삽살개 순돌이가 나를 기다리고 있다
사람들이 많이 지나가면 또 온다

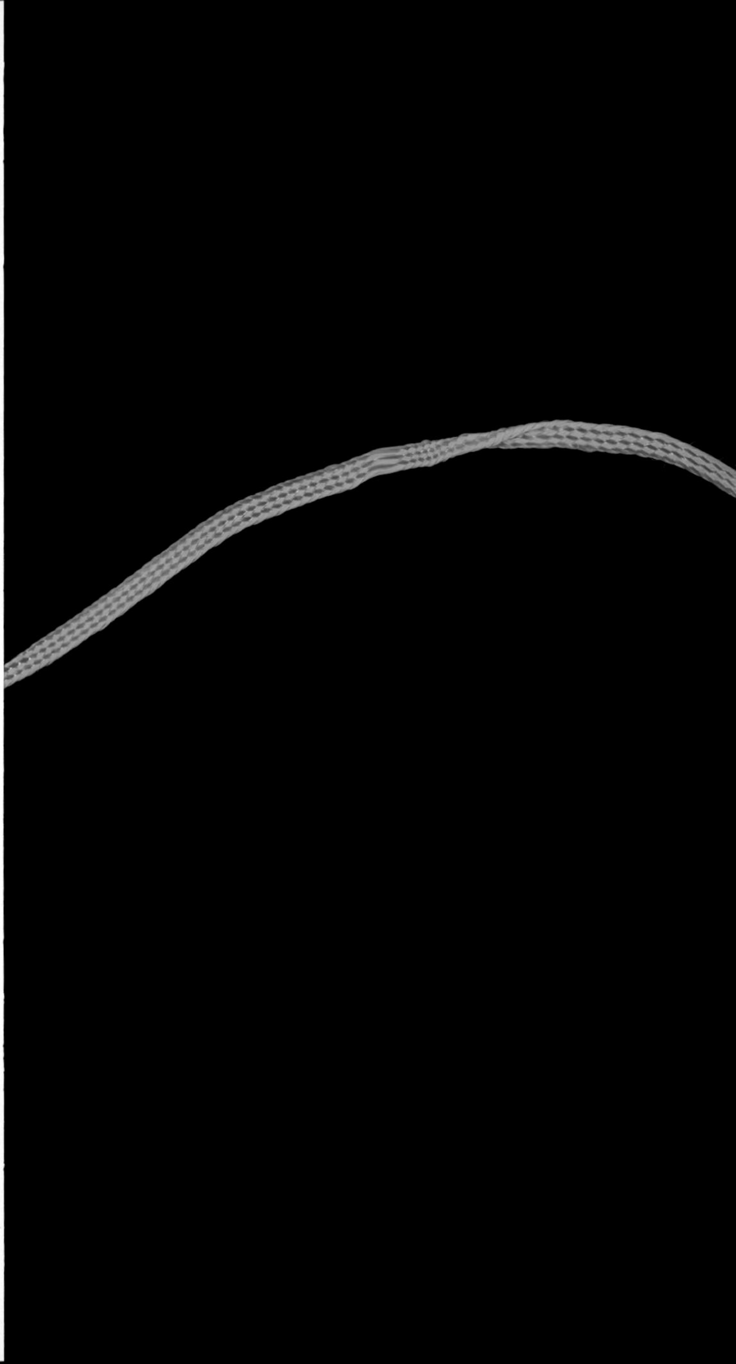

순돌이가 내 마음 잘 알고 있네

나이 아흔을 먹어도 사람 사이는 여전히 힘들다.

어떨 땐 식물이 좋고, 개가 더 낫더라.

사람 때문에 힘들었던 날, 이곳에 적고 풀어버리렴.

"그리고 귀엽고 사랑스러운 것 많이 봐라."

다 같은 흙이라도

내가 살던 집 흙냄새가 좋더라

갖은 풍파 겪으며 태산도 넘고 했지만

내 갈 곳은 영감밖에

이생에 못 한 것 저승에서
영감 만나 재미나게 살아보고 싶다

내 소원은 우리 영감 얼른 만나 사랑하면서 살아보는 거야.

솔직히 후회가 없다면 거짓말.

사랑하는 사람에게 부치지 못한 편지를 모아 보내자.

To.

From.

"혹시나 지옥에 떨어지더라도 딱 하루만
우리 영감 만나서 살고 싶습니다."

내 딸이 걱정이 된다

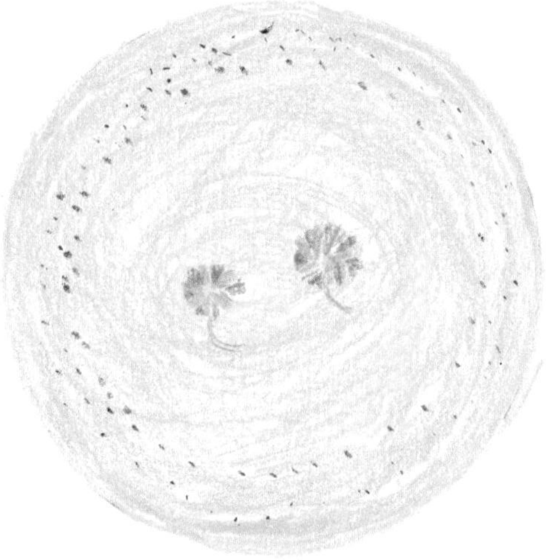

이세상에 올때
걱정보따리 지고 왔을까
태산 같은 걱정

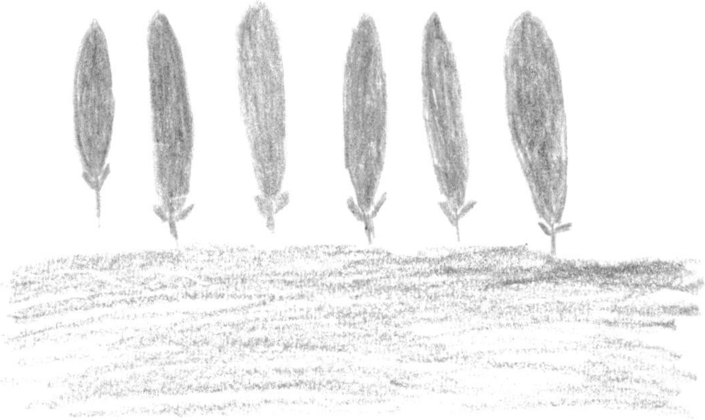

어제 외손녀가 아프다고 하니
내 가슴에 안고 있네

내 딸 가슴도 터질것 같다

누군가를 위한 진심을 적어보아라. 걱정과 바람을 담은.

"그 사람은 내가 기도하는 걸 알고 있을까 싶다."

하루만 아는 분들도

좋은 인연 있다

서로서로 나누고 하니

한 번 보고 좋은 친구가 되었다

친구는 꽃

매일 봐도 예쁘다

꽃한테 말하고 보면

마음에 청소 다 되네

가을 볏짚 같은 나이에도

친구 만나니 새싹 나는 기분

지금 이 순간 감사한 일 세 가지를 적어보자.
아주 작은 것도 좋아.

"딸이 나의 그림 보고 좋아한다. 모녀지간 배꼽 잡고 웃었다."

"나를 웃게 하는 것이 고맙다."

"내 나이 먹고도 투표할 수 있다. 감사합니다."

나는 꽃이 좋고 하니

꽃만 봐도 사랑을 한다

내 마음 꽃처럼 살고 싶다

모든 분 다 꽃 사랑하기 때문에

꽃 선물 주고받고 하는가 봅니다

나도 꽃이 되고 싶다

이렇게 하면 나도 사랑받을 수 있겠지

사람이 늙으면 눈먼 새도 안 온다

그렇기 때문에 내 몸

오늘도 내가 사랑한다

늦지 않은 스크랩북

좋아하는 마음을 찾기에 아직 늦지 않았습니다.

나만의 취향, 시선, 개성을 담은 것을 스크랩해서 붙여두세요.

내가 뭘 좋아하는지 알게 되는 순간, 그만큼의 세계가 또 열릴 거예요.

하루
하루
맑은
세상

잘 사는 것에 늦은 때란 없으니까,

Not too Late Diary

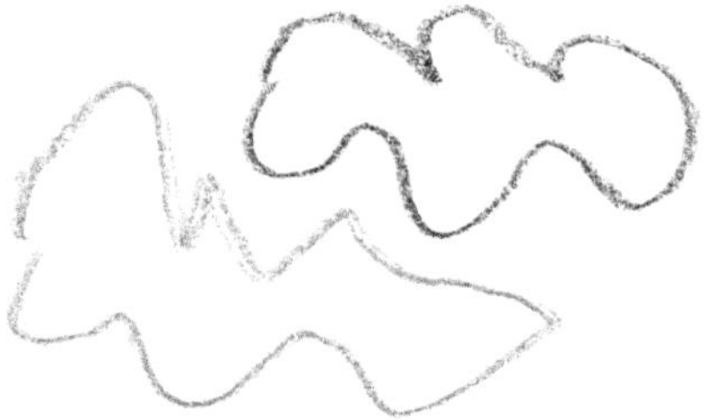

한창 일만 할 때는

오뉴월에 모심고 나면 날씨가 많이 가무는데,

하늘에 비만 빌며 농사를 지었지.

어느 날은 강계산에 구름이 묻어오더니

갑자기 바람이 불고 천둥 번개가 치면서

비가 순식간에 쏟아진 거야.

그때가 참 좋아.

왜냐하면 일체만물이 비를 먹으면 생명들이

은빛처럼 빛나고 구해지기 때문에.

모두가 즐겁게 잘 살 수 있잖아.

그리고 오늘 10월 30일 일요일.

새벽에 기도하고 일기 써보고 꽃 두 송이 기르고 했다.

시장에 가니 채소도 팔고 사람들도 보고 돈도 구경한다.

나물도 팔아서 돈도 벌고 하니 참 즐거워.

하루 종일 이만 원을 벌었는데 이만 원은 나에게 아주 값지다.

돈이 많은 분들이 행복한지 나는 잘 모르겠어.

돈이 없어도 내 마음이 편안하고, 감사한 게 참 많아.

나는 아흔 살 먹은 황보출.

할머니 다 되었다.

그렇지만 내 인생, 시로 써보면 봄 같아.

나는 행복한 사람입니다.

행복을 나누고 싶습니다.

잘 산다는 건
도대체 무얼까?

"______________________________."

마당 화분에 배추 모종 심고

물 주고 보니 새파랗고 예쁘다

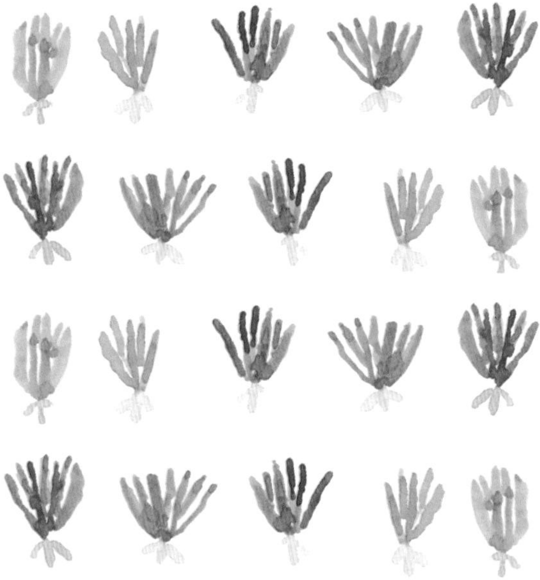

우리집 마당 가을처럼 파랗고

거실 봄 같다

손이 많이 가야 생명들 잘 크고

작물 심고 보면 식물들 초록빛이 난다

고향 집 가는 길 매실나무에 꽃 피어 있네
나는 볼수록 마음 밝아진다

오늘 하루 일어난 일 중에

마음 밝아지는 일 세 가지를 떠올려보아라.

"새벽에 일기 쓰고 텃밭에 무 뽑으러 갔다가

동백꽃 봉오리 만났다."

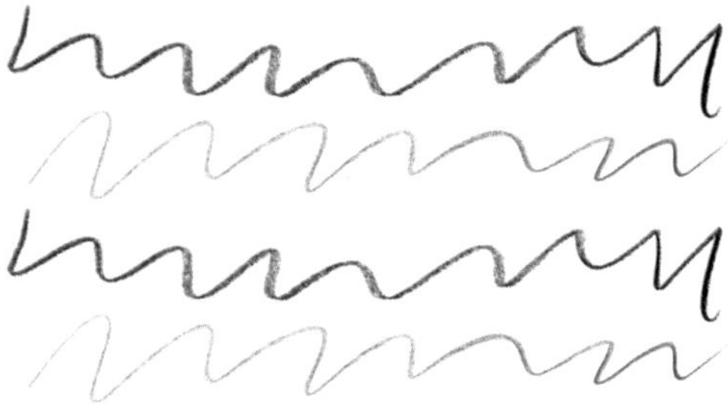

하루하루가 중요한 시간

손을 놓지 않고

그림도 글도 한 편 써보았다

행복한 인생이다
내 인생에 이런 시간 금쪽같이 보내고
자는 잠에 가도록 원 세우고 있네

요즘은 글 쓰는 것만큼 도서관에서 책을 빌려 읽고 있다.
책에서 읽은 금쪽같은 문장이 있으면 남겨두렴.

"집에만 있으면 마음도 우울하고 한데,
도서관 가니 사람들도 많고 인사도 하고."

식물 뿌리 뽑아

흙을 조금 섞어 심고

사랑을 해도

싫다고 말도 없네

꽃도 해도 전부 말이 없고

식물들 있어도 말이 없다

사람만 말도 많고

생각도 천차만별

살면서 할 말만 하면 좋을텐데

알고 있어도 실천 못 하고 살고 있다

조심해야지

말꼬리가 잡히면 말발에 치인다

사람들에게 어떤 말을 들으면 오늘 하루가 더 좋아질까?

"그 말, 내가 나에게 해주렴."

짚단 밑에 호박 심고

칠팔월 호박꽃에 벌이 꿀 먹으러 날아왔다

이 여왕벌이

애인 찾아가는지도 모른다

자연이 아름답고

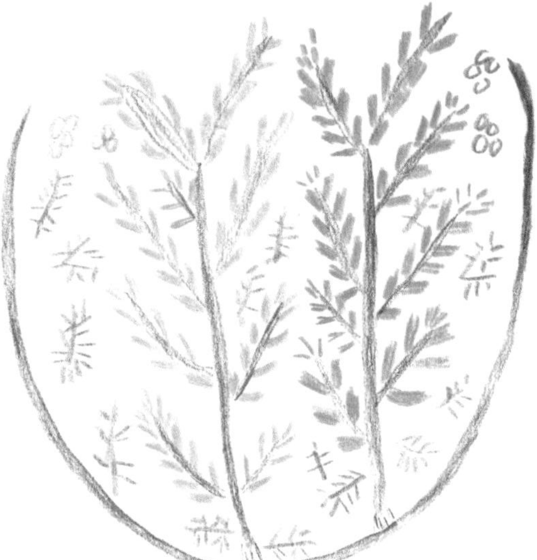

나무들 잎이 반짝이며

바람이 불고 하니

뭇 생명들이 잘 살아가고 있네

나는 자연만 보면 즐거운 하루가 되고 즐거운 인생이 된다.
스스로에게 소박한 기쁨을 주는 것들을 찾아보자.

"텃밭 일을 하면 내 마음 푹 빠져 있다."

"오늘 하루도 잘 살았다."

햇빛이 강해서

모든 식물 시들할 때

비가 조금 왔다

나뭇잎 보약 먹고
빛처럼 생기 난다

청춘만 새로운 게 아니구나

좋은 풍경 보니 나도 젊어진다

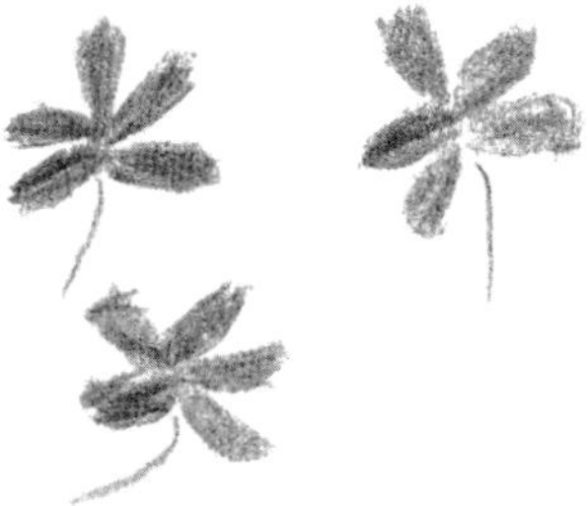

식물에게 햇빛 말고 비도 필요하듯,

우리도 안 필요한 존재가 없다.

세상에 어떤 사람이 되고 싶니?

"배고픈 사람이 있으면
밥을 따뜻이 대접하는 사람이
되고 싶습니다."

오늘 하늘
새파랗고

구름은
흰 구름이 덩실
춤추고 있다

마음이 어둡고 컴컴할 땐, 나는 일기를 쓰며
오늘 하늘 어땠는지 한번 살펴본다.
하늘에 날씨 있듯, 마음의 날씨도 중요하다.
지금 마음의 날씨는 어떤지 적어보렴.

"한때는 다 회오리바람"

봄 바람 불면 마든 나무에
새잎이 나온다
ㄷ당에는 식물들 새파랑게 나오고 있네

나도 식물들 처럼 봄 바람 만나서
계절 잘 살아 보련다

늦지 않은 그림일기

하루하루 즐거운 일상을 기록하는 일에 늦은 때란 없습니다.

오늘 가장 좋아한 장면, 지난날 가장 좋았던 장면,

또는 앞으로 올 좋은 장면을 그림일기로 남겨보세요.

오	늘		10	월		30	일		일	요	일	
내	가		새	벽	에		기	도	하	고		일
기	러		서	보	고		꽃	들	송	이		기
름	고		했	다	.		오	늘	도		하	루
	질	겁	겠		살	고		싶	다.			

살아보니
행복한 날
더 많더라.

나에게 늦은 때란 없으니까,

Not too Late Diary

농사를 그만두고 서울에 와서 지내는데

막내딸의 소개로 한글학교에 다니기 시작했어.

나같이 산골에 살던 무지렁이도 글을 가르쳐주신다니,

너무 신기했지 뭐야. 그때부터 나는 학교만 다녔어.

때때로 가슴에서 눈물이 철철 넘쳐도 목구멍으로 삼키며 다녔어.

처음엔 학교 가는 골목마다 눈물자국이었지.

글을 배우는 것이 나에게는 가슴에 있는 한을 푸는 것이었다.

그때부터 지난 세월 보지 말고 내 남은 시간만이라도

나 자신을 위해 살자고 다짐 다짐을 했다.

그리고 한글학교를 졸업했어.

여덟 자식 졸업식에만 다녀보았지,

제 졸업식은 생각조차 못 하며 살았는데 이제는 아니야.

내 두 다리로 걸어다닐 수 있을 때까지는

뒷방 늙은이가 아니라 황보출 학생으로 살 거야.

글을 쓰고 읽으면서부터는 생활의 기쁨이 생겼다.

책 읽고 신문 읽고, 그림도 그리고 색칠도 하고.

오늘도 일기를 쓰고. 내가 이렇게 잘할 줄 몰랐어.

나도 잘하는 것이 있어서 좋아.

나는 내가 좋아.

내가 할 수 있는 것이 있어서 좋아.

나라는 사람은
어떤 사람인가요?

"______________________________."

학교도 다니고 방송도 나오고
클 때 못 했던 것 요즘 다 하고
이 세상 살아온 보람이 있네

내 마음 알면 좋아하지 않을 텐데

못난 나를 좋다고 하니

내 글 본 사람들

나를 알아주고 반겨주어

나는 행복한 사람

인생에 굴곡은 있겠지만, 사는 날까지 계속 마음 맑고 싶다.
내가 살고 싶은 삶의 곡선을 여기에 담아보아라.

"내가 본 것, 들은 것, 겪은 것, 살아온 것이 역사."

Age

길 가다 나뭇잎 떨어져 있으면

그냥 지나가지 않고 유심히 본다

개천 둑에 꽃이 아름답게 피어

내 눈이 자연한테 가고 있네

어릴 때 나와 지금의 나는 똑같다

산의 식물도 똑같다

변한 건 내 흰 머리칼과 휘어진 허리

굽은 다리뿐

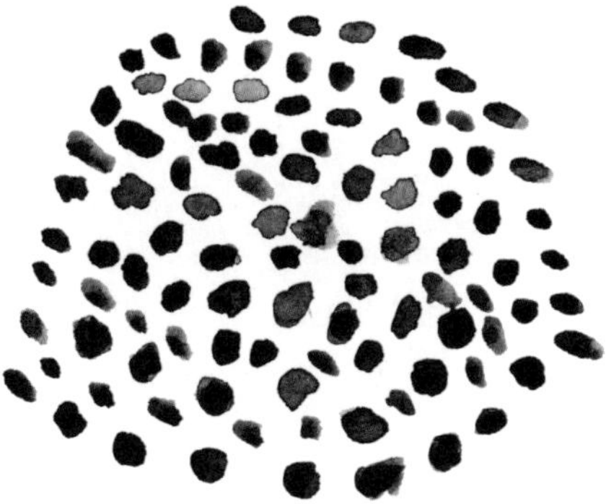

이 몸 벗고 나면 식물이 되고 싶다

식물들처럼 살다가

무거운 짐 다 놓고

바람처럼 사라지고 싶다

지금 생각을 해보면 부모님이 날 사랑했고,
남편이 날 많이 아꼈던 것 같다.
지나고야 알게 되는 것들이 있지. 요즘 들어 깨닫게 된,
자주 하는 생각이 있다면 적어보자.

"좀 더 일찍 알았으면 싶다가도

나중에라도 알았으니 다행이지 싶다."

나는 혼자서 아프면 걱정이 된다

혹시나 죽을 까 싶다

그래서 죽고 싶다고 하는게 다

거짓 말이다

혼자 아프다고 겁이나니 말한다

입에 침도 안바르고 거짓 말 하고 있다

일주일간 내가 나를 칭찬하고

좋게 보는 시간을 만들어보자.

다른 누구보다 내가 나를 꽃보다 아름답게 생각해야 해.

DAY 1

DAY 2

DAY 3

Room No. 509

마을소식지 2022-9

황보출

인생에 늦은 때란 없으니까, Not too Late Diary 입주를 환영합니다!

자기만의 방

다이어리북

안녕하세요, 연남동에서 책을 만드는 자기만의방입니다. 줄여서 '자방'이라고도 불러요!

이 책을 선택한 여러분은 이제 자기만의방 주민이 되었습니다. 반가워요!

『인생에 늦은 때란 없으니까, Not too Late Diary』는 90세 시인할머니 황보출 시인님의 시와 그림을 엄선 수록 ⊕ 우리가 직접 쓰면서 함께 채우는 다이어리북✩이에요. 무언가 시작하기에 늦었다고 생각될 때, 이 책을 읽고 쓰며 지금 이순간을 사랑하는 연습을 시작해보세요♡♡♡ 주민님 곁에 간직하고 싶은 작은 시집이자, 나만의 일기장으로 남게 되길요..!!

* * * * * * * * * * * * *

자기만의 방 소식이 더 궁금하다면?

인스타그램: @-jabang

유튜브: [자기만의 방] 검색♡

황보출 시인의 시가 새롭게 선보이게 된것에 감사드립니다

황보출 시인의 시에는 바쁘게만 살아가는 사람들에게 평안과 행복을 선물하는 힘이 있습니다

황보출 시인의 그림에는 생명의 기운이 느껴집니다

모든 식물에는 뿌리를 그리는 것을 잊지 않으시고 표현하는 모든 것에는 꾸밈없는 진솔함이 전해집니다

아마도 그 신비로운 힘은 90세의 연세에도 흙에서 작물을 키우시고 매일 매일 묵상하시는 마음에서 나오는 것이라 생각합니다

각박해지는 세상에서 시인님의 글과 그림이 많은 사람들에게 따뜻한 위로와 힘으로 전달되기를 소망합니다

푸른어머니학교장 윤종석

황보출 시인님의
공개 일기장을 소개합니다!

글학교 (푸른어머니학교) 교장선생님이 시인님께 선물하셨다고 해요.
분에 매일매일 시인님은 이곳에 글도 쓰고
림도 그리고 있습니다.
Not too Late Diary는 또한
수십 권의 노트에서 탄생한
책인데요,
디자이너와 에디터가
장한장 감동하며 소중히,
인님의 시 원본을 들여다보며
작업을 진행하였어요!
센가 원화를 꼭 주민님들께 보여드리고 싶어요)

디자이너
일기장을 보고 있는 유

'자기만의 방 마을'은 가상의 작은 마을입니다. :)

자방의 책을 선택한 여러분은 이 마을의 주민이 되었습니다.
마을에는 일곱 채의 주요 건물이 있습니다.
각 건물은 우리의 일상에 어떤 역할을 하느냐에 따라 나뉘는데요.

1관 생활관 나를 돌보는 라이프스타일을 제안합니다.
2관 여행관 오늘이 행복해지는 여행을 소개해요.
3관 취미예술관 아티스트처럼 즐길 수 있는 취미예술을 찾아봐요.
4관 심신수련관 몸과 마음을 돌보는 방법을 배웁니다.
5관 문학관 삶의 태도를 제안합니다.
6관 교양관 나의 성장을 돕는 지식과 지혜를 담습니다.
7관 일관 현명하게 일하고 균형 있게 살아가는 방법을 찾습니다.

이런 가상의 마을을 만든 이유는 아주 심플합니다.
비슷한 고민을 하고, 비슷한 것을 좋아하고 즐기고,
지향하는 삶의 태도가 같은 방향인 사람들을 위한 책.
그런 책을 통해 소통하고 싶었습니다.

주민 여러분!
우리 '출판사와 독자'라는 사이를 넘어
서로 호감을 갖고 믿을 수 있는, 의지하기도 하고 응원해주는,
상대가 좋아하는 일을 기꺼이 돕는 그런 사이가 되었으면 좋겠습니다.

앞으로도 친하게 지내요. 입주를 축하합니다. :)

작은 마을
자기만의 방
교 양 관
6관
7관 일관
POP-UP STORE
gift shop
4관 심신수련관
5관 문학관
café
3관 취미예술관
2관 여행관
1관 생활관
관리 사무소

늦었다고 생각했지만 늦지 않은 것'. 이 책을 읽고
제게 떠오르는 건 바로 '나에 대해서 알기'입니다.
사실 이제 나도 나를 알만큼 알고, 더 이상 새로운
게 있을까 싶었는데요. 황보출 시인 할머니와 책 속에서
이야기하다보니 '나를 아는 일'엔 끝이 없더라고요.
아흔이 되어서도 나를 둘러싼 작은 일상에 반짝임을
발견하고, 그걸 좋아하고 아끼는 할머니를 보며, 인생은
끝없이 새롭다는걸 느꼈어요. '늦은 때'라는 건 결국
내가 정한 한계이고요. 예를 들면 저는 집안 사람들이
모두 음치라서 "어디가서 절대 노래 부르지 말아라"라는 말을 듣고
자랐는데요. 그래서 무의식 중에 '노래 부르기'는 어지간하면 택하지 않곤
했어요. '노래'에 한계를 둔 거죠. 그런데 주말에 난생처음 우연찮게
코인노래방에 가게 되었습니다. 의외로 모든 사람들이 노래를 '잘'
부르진 않더라고요. 용기를 내고 노래를 부르는데 무척 즐겁고 ♪
좋았어요. 노래하는 즐거움을, 노래하는걸 좋아하는 걸 발견했어요.
(여전히 음치+박치지만요) '나를 아는 일'에는
정말 끝이 없네요.

에디터 현

"늦었다고 생각했는데, 아니었던 것이 있나요?"

저의 전공은 심리학입니다. 대학 교양수업으로 운명처럼(?) 출판 수업을 들은 후로 저의 미래가 달라지고 만 것이죠. 다른 사람보다 조금 늦었다 생각한 날도 있었지만, 지금 생각해보면 '심리학을 공부한 에디터'라는 타이틀은 늦었기에 달 수 있는 타이틀이 아니었나 싶어요.

책 만드는 일

♡ 식물 돌보기

저는 키우는 식물마다 작별하는 것으로 유명한, 식물 저승사자...였어요. 식물이 있는 삶은 다음생에 꿈꾸자 했던게 고작 올해 초 입니다. 요즘 제 책상 위에는 싱그러운 새싹들이 건강하게 고개를 내밀고 있어요. 시인님 말씀처럼, 식물 보며 마음 밝아지는 나날을 보내는 중입니다 :)

영상편집!

기계치인 제가 영상 편집에 도전하고 있습니다. 유튜브 하기에 늦은 때란 없으니까요. 훗!

에디터 령

관 생활관

Room No. 101 안 부르고 혼자 고침
Room No. 102 좋아하는 곳에 살고 있나요? 2nd Edition
Room No. 103 주말엔 옷장 정리
Room No. 104 젓가락질 너는 자유다
Room No. 105 우리가 매일 차를 마신다면,
Room No. 106 소비단식 일기
Room No. 107 금요일엔 시골집으로 퇴근합니다

관 여행관

Room No. 201 작은 여행, 다녀오겠습니다
Room No. 202 진짜 도쿄 맛집을 알려줄게요
Room No. 203 하루 5분의 초록
Room No. 204 미식가를 위한 일본어 안내서
Room No. 205 텐동의 사연과 나폴리탄의 비밀
Room No. 206 작은 캠핑, 다녀오겠습니다

관 취미예술관

Room No. 301 One Green Day
Room No. 302 Flower Dance
Room No. 303 페이퍼플라워를 추천합니다
Room No. 304 수채화 피크닉
Room No. 305 Merry Summer
Room No. 306 Merry People
Room No. 307 새 크레파스 봉봉
Room No. 308 Fruits Market
Room No. 309 저는 종이인형입니다
Room No. 310 아방의 그림 수업 멤버 모집합니다
Room No. 311 작고 귀여운 펠트 브로치
Room No. 312 사진은 스타일링
Room No. 313 Cafe Merry 아크릴물감 컬러링 키트
Room No. 314 수채화 꽃편지 (바로 그리기 키트)

4관 심신수련관

Room No. 401 이대로 괜찮습니다
Room No. 402 채식은 어렵지만, 채소 습관
Room No. 403 오랫동안 내가 싫었습니다
Room No. 404 10kg 빼고 평생 유지합니다
Room No. 405 힘든 하루였으니까, 이완 연습
Room No. 406 마음도 운동이 필요해
Room No. 407 나의 일주일과 대화합니다
Room No. 408 내 얼굴 비대칭?
Room No. 409 The Black Book 검은 감정
Room No. 410 자전거를 타면 앞으로 간다

5관 문학관

Room No. 501 빵 고르듯 살고 싶다
Room No. 502 무리하지 않는 선에서
Room No. 503 쉬운 일은 아니지만
Room No. 504 좋아하는 마음이 우릴 구할 거야
Room No. 505 할머니의 좋은 점
Room No. 506 사물에게 배웁니다
Room No. 507 고양이 생활
Room No. 508 배우의 방
Room No. 509 인생에 늦은 때란 없으니까, Not too Late Diary

6관 교양관

Room No. 601 우리 각자의 미술관
Room No. 602 기록하기로 했습니다

7관 일관

Room No. 701 나의 첫 사이드 프로젝트
Room No. 702 우리는 아직 무엇이든 될 수 있다
Room No. 703 퇴사합니다. 독립하려고요.

POP-UP STORE

Room No. P03 오늘부터 300일

DAY 4

DAY 5

DAY 6

DAY 7

"이제야 내가 나를 사랑하네."

여든 일곱에나 먹고나서
나는 멈추고 있다

나는 아직 달리고 싶어서
빠른 걸음으로 걸으려고 한다
하지만 내발은 말을 안듣는다
그래서 마음이 멈추라고 한다

멈추는 방법을 몰라서 갈팡질팡 한다

그러다가 보니 내발이 천천히
걷다가 **멈추기**도 한다

멈추어서 보니 다 허허롭다
손에 쥘 것이 없네
그래서 편안해 **진다**

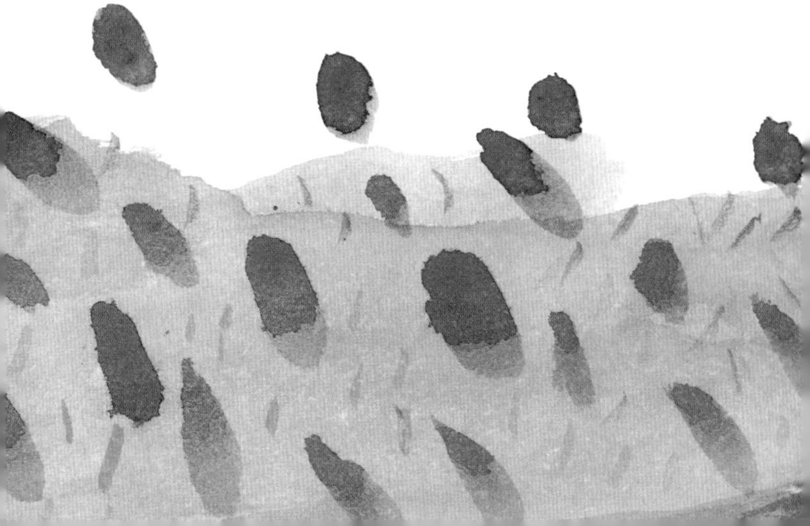

사람 사는 세상 물처럼 파도가 있고 하니
어떤 날엔 너무 늦었다 싶을 때도 있다.
그래도 이것만큼은 꼭 계속하겠다 하는 것도 있더라.
그것을 적으며 다짐을 떠올려보자.

"밝은 마음으로 지혜롭게 살면 됐다. 좋은 일이다."

나이 먹으면

호박처럼 속을 다 잃고 해도

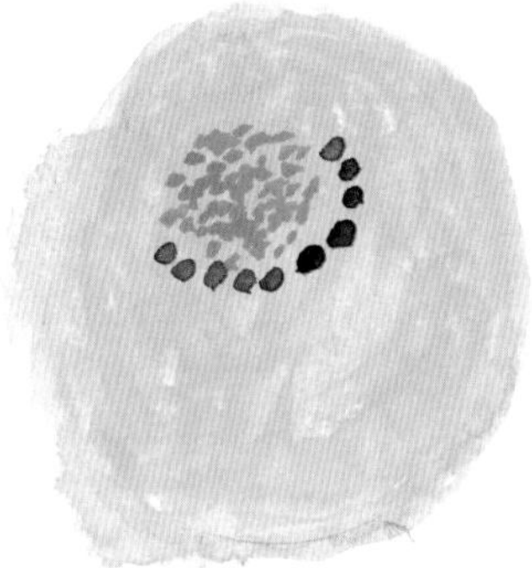

마음 다 비우고 나니

속도 환하다

인생이 별거 없어

살아보니 행복한 날 더 많더라

행복하다는 게 무엇인지 오래도록 나는 모르고 살았어.
그래도 지금 생각해보면 그 사이에도 행복한 날이 있더라.
행복을 떠올리면 어떤 날들이 있을까?

"가을 이슬이 들판에 내려오고 벼가 황금처럼 물들고 있네."

식물원에 가보니 세상에 극락이 따로 없다

식물들 엄청 많고 아름다웠다

새들한테 가보니

새들 색깔 황금빛을 가지고 살고 있네

오래 살다 보니 좋은 구경 많이 해서

이 세상 마칠 때 새처럼 날았겠다

세상 구경하고 싶은 곳 참 많은데 아직 못 가본 곳도 많아.

언젠가 새처럼 날아가고 싶은 곳을 적어보렴.

"이 몸 자유롭게 훨훨."

젊은 시절 나는 잡초가 꽃인 줄 몰랐다

꽃인 줄 알고 보니 생명인 줄 알겠다

나도 자식들 많이 낳고 보니

잡초 꽃이 내 마음 알고 있겠지 생각을 해본다

이 잡초 내년에도 새싹 많이 나오고

꽃 피어나겠지

꽃이 다 말라도 뿌리에
또 새싹이 눈뜨고 있네

늦지 않은 퍼스널 노트

지금은 나에 대해 생각하고 정리하기 딱 좋은 시간입니다.

남들이 정의하는 내가 아닌, 내가 보는 나는 어떤 사람인가요?

빈칸에 마음껏 나를 표현해보세요.

불리고 싶은 이름

하고 싶은 말

듣고 싶은 말

기억하고 싶은 문장

애착 물건

가슴이 뛰는 일

나만의 기념일

나를 표현하는 단어

나를 표현하는 음악

나를 표현하는 책

나를 표현하는 작품

나다운 하루

나의 계절

내 사람

나다운 내 모습

부록 * 늦지 않은 달력

황보출 시인 할머니의 하루하루 행복한 비결을 달력 안에 담았습니다.
요일별로 실천하며 칸을 채워보세요.

월요일엔 매일 한 줄의 시를 씁니다.

화요일엔 그날그날의 날씨를 만끽해요.

수요일엔 몸과 마음으로 명상합니다.

목요일엔 식물을 가까이 두고 바라봅니다.

금요일엔 좋아하는 사람을 만나보아요.

토요일엔 좋아하는 일을 한 가지 이상 도전해요.

일요일엔 짧은 감사일기를 기록해요.

꼭 글이 아니어도 좋아요.
그림이나 스티커, 간단한 체크표시(☑☒○)도 환영!

늦은 때 없이 제일 좋은 지금을 만들어보세요.
사소한 하루가 모여 습관이 되고,
사소한 습관이 모여 멋진 어른이 될 수 있을 거예요.

할머니가 직접 쓴 예시를 오른쪽에서 확인해보세요.

11 月	한 줄 시 쓰는 월요일	햇볕 잠시 쬐는 화요일	명상하는 수요일
첫째 주 →	욕심을 다 내려놓고 살면 사는 게 가볍다		
식물 보며 마음 밝아지는 목요일	꽃처럼 예쁜 사람 만나는 금요일	자기 좋아하는 일 하는 토요일	감사함 많은 일요일
과일나무 잘 살고 해서 내 마음 뿌듯하다		딸은 출근하고 나는 그림 한번 해봐야지	도서관에 책 이용 잘했습니다

____月	한 줄 시 쓰는 월요일	햇볕 잠시 쬐는 화요일	명상하는 수요일
__째 주 →			
식물 보며 마음 밝아지는 목요일	꽃처럼 예쁜 사람 만나는 금요일	자기 좋아하는 일 하는 토요일	감사함 많은 일요일

___月	한 줄 시 쓰는 월요일	햇볕 잠시 쬐는 화요일	명상하는 수요일
___째 주 →			
식물 보며 마음 밝아지는 목요일	꽃처럼 예쁜 사람 만나는 금요일	자기 좋아하는 일 하는 토요일	감사함 많은 일요일

___月	한 줄 시 쓰는 월요일	햇볕 잠시 쬐는 화요일	명상하는 수요일
___째 주 →			
식물 보며 마음 밝아지는 목요일	꽃처럼 예쁜 사람 만나는 금요일	자기 좋아하는 일 하는 토요일	감사함 많은 일요일

___月	한 줄 시 쓰는 월요일	햇볕 잠시 쬐는 화요일	명상하는 수요일
___째 주 →			
식물 보며 마음 밝아지는 목요일	꽃처럼 예쁜 사람 만나는 금요일	자기 좋아하는 일 하는 토요일	감사함 많은 일요일

____月	한 줄 시 쓰는 월요일	햇볕 잠시 쬐는 화요일	명상하는 수요일
__째 주 →			

식물 보며 마음 밝아지는 목요일	꽃처럼 예쁜 사람 만나는 금요일	자기 좋아하는 일 하는 토요일	감사함 많은 일요일

____月	한 줄 시 쓰는 월요일	햇볕 잠시 쬐는 화요일	명상하는 수요일
___째 주 →			
식물 보며 마음 밝아지는 목요일	꽃처럼 예쁜 사람 만나는 금요일	자기 좋아하는 일 하는 토요일	감사함 많은 일요일

___月	한 줄 시 쓰는 월요일	햇볕 잠시 쬐는 화요일	명상하는 수요일
___째 주 →			

식물 보며 마음 밝아지는 목요일	꽃처럼 예쁜 사람 만나는 금요일	자기 좋아하는 일 하는 토요일	감사함 많은 일요일

___月	한 줄 시 쓰는 월요일	햇볕 잠시 쬐는 화요일	명상하는 수요일
___째 주 →			
식물 보며 마음 밝아지는 목요일	꽃처럼 예쁜 사람 만나는 금요일	자기 좋아하는 일 하는 토요일	감사함 많은 일요일

__________,

끝까지 배우는 삶을 살며

행복하길 바란다.

그러면 안녕. 잘 살아. 파이팅.

Editor's letter

페이지를 넘기며 황보출 시인님과 대화하고 물음에 답하다 보니, 인생에 늦은 때란 없다는 것을 조금은 알 것 같습니다. 아흔 살이 되어도, 나를 들여다보고 오늘을 소중히 하며 내일을 꿈꾸고 싶어요. 시인님처럼요. **현**

서점에서 시인님의 시를 처음 발견한 날, 주책맞게 그 자리에서 울었던 기억이 납니다. 얼른 이 시집을 사랑하는 사람들에게 선물해야겠다 생각했어요. 그때의 마음을 지금 와서 살펴보니, 우리가 정말 듣고 싶었던 말을 시인님이 전부 들려주고 있었기 때문이 아닐까 싶어요. 이제는 주민님들께도 시인님의 이야기를 소개할 수 있어 기쁩니다. 누군가의 엄마, 할머니가 아니라 매일 한 줄의 시를 쓰는 시인 황보출로서, 끝없이 배우며 행복한 황보출 학생으로서, 시인님이 늘 안녕하시길 바랍니다. 덕분에, 저도 안녕합니다. **령**

인생에 늦은 때란 없으니까,

Not too Late Diary

1판 1쇄 발행일 2022년 12월 13일

지은이 황보출
발행인 김학원
발행처 (주)휴머니스트출판그룹
출판등록 제313-2007-000007호(2007년 1월 5일)
주소 (03991) 서울시 마포구 동교로23길 76(연남동)
전화 02-335-4422 **팩스** 02-334-3427
저자 · 독자 서비스 humanist@humanistbooks.com
홈페이지 www.humanistbooks.com
시리즈 홈페이지 blog.naver.com/jabang2017
디자인 유주현 **용지** 화인페이퍼 **인쇄** 삼조인쇄 **제본** 경일제책사

자기만의 방은 (주)휴머니스트출판그룹의 지식실용 브랜드입니다.

ISBN 979-11-6080-939-8 03810